el **ruiseñor**
the **nightingale**

Published by Scholastic Inc., 90 Old Sherman Turnpike, Danbury, Connecticut 06816,
by arrangement with Combel Editorial.

ISBN-13: 978-0-545-03029-8
ISBN-10: 0-545-03029-3

This product is available for distribution only through the direct-to-home market.

12 11 10 9 8 7 6 5 4 3 2 1   7 8 9 10 11 12/0

Printed in the U.S.A.

First Scholastic printing, May 2007

el ruiseñor
the nightingale

Adaptación/*Adaptation* Darice Bailer

Ilustraciones/*Illustrations* Max

Traducción/*Translation* Madelca Domínguez

SCHOLASTIC INC.

New York   Toronto   London   Auckland   Sydney
Mexico City   New Delhi   Hong Kong   Buenos Aires

Había una vez un emperador que gobernaba China desde un palacio tan, pero tan lujoso, que causaba la admiración de todos. Las personas viajaban de todos los lugares del mundo para visitarlo.

Once upon a time, a wonderful Emperor ruled China from his magnificent palace. Everyone admired the Emperor's beautiful palace. People traveled from around the world to see it.

En las afueras del palacio, los jardines se extendían hasta un bosque de árboles muy altos y lagos muy profundos. Cuando los visitantes caminaban por los jardines, escuchaban maravillados el hermoso canto de un ruiseñor.

Outside the palace, lovely gardens stretched down to a forest with tall trees and deep lakes. When guests walked through the Emperor's gardens, they could hear a nightingale singing. Her beautiful voice tinkled like glass bells.

Curiosamente, el emperador nunca había escuchado al ruiseñor.

—¿Y ese pájaro vive aquí, en mi jardín? —le preguntó el emperador a un sirviente—. Si es así, me gustaría que lo trajeran al palacio esta noche y que cantara para mí.

———

Surprisingly, the Emperor had never heard his own nightingale. "This bird is in my very own garden?" the Emperor asked a servant. "If so, I would like the nightingale to come to the palace tonight and sing for me."

El sirviente trajo al ruiseñor al palacio en una jaula de oro.

—Canto mucho mejor cuando estoy rodeado por la naturaleza —se disculpó el ruiseñor.

No obstante, su canto fue tan hermoso que al emperador le corrieron por las mejillas lágrimas de la emoción.

The servant brought the nightingale to the palace in a golden cage.

"My song sounds best in nature," the nightingale apologized. Yet she sang so beautifully that her voice touched the Emperor's heart. Tears of joy rolled down his cheeks.

Poco a poco se fue corriendo la voz de que al emperador le gustaba escuchar el canto del ruiseñor. Un día, trajeron una gran caja al palacio. Dentro de ella había un ruiseñor adornado con muchas joyas que se parecía mucho al ruiseñor que vivía en el jardín del emperador.

Word spread of the Emperor's love for nightingales, and one day a big package arrived. Inside was an elegant wind-up toy nightingale that looked just like the real one. The glittering toy nightingale also sang one of the tunes of the real bird in the garden.

El ruiseñor de juguete cantaba tan bien como el ruiseñor de verdad. Su brillante cola estaba hecha de oro y plata. El emperador estaba fascinado. Nadie se dio cuenta cuando el ruiseñor de verdad salió volando hacia el bosque a posarse en su árbol favorito.

The toy nightingale sang as beautifully as the real bird did. Its tail glittered with silver and gold. The Emperor was very impressed. No one noticed the real nightingale as she flew back to the forests and her favorite tree.

El ruiseñor de juguete cantó para el emperador una y otra vez hasta que comenzó a tener fallas. Cuando llegó la primavera, se rompió y dejó de cantar. El emperador estaba muy triste.

The toy bird entertained the Emperor over and over until it began to wear down. When a spring burst and a gear snapped, the nightingale stopped singing. The Emperor was very sad.

Cinco años después, el emperador, que ya era un anciano, se enfermó. En su lecho de muerte, pidió que le trajeran a su ruiseñor de juguete.

—Canta para mí, hermoso pájaro —le pidió el emperador al ruiseñor, pero el ruiseñor de juguete no cantó.

Five years later the Emperor himself began to slow down from old age. When he was dying, he begged for his toy nightingale.

"Sing, golden bird, sing!" the Emperor cried deliriously, but the broken toy bird was silent.

En ese momento, un pajarito se posó en la ventana del emperador y comenzó a cantar. Era el ruiseñor de verdad que se había enterado de la enfermedad del emperador. Había regresado para acompañarlo y alegrarlo.

Just then, a little bird flew toward the Emperor's bedroom windowsill singing the loveliest song. It was the real nightingale who had heard that the Emperor was sick. She had returned to cheer him up and nurse him back to health.

Al escuchar el canto del ruiseñor, el emperador se sintió mejor.

—¡Sigue cantando, pequeño ruiseñor! ¡Sigue cantando! —dijo el emperador.

El ruiseñor cantó muchas canciones sobre el jardín y el perfume de sus árboles para complacer al emperador.

As the nightingale sang, the Emperor felt his body grow stronger. "Keep singing, little nightingale! Keep singing!" the Emperor cried.

To make the Emperor happy, the nightingale sang song after song about his garden and the sweet-smelling trees.

—¡Gracias, gracias! —dijo el emperador— porque me has devuelto la salud. Quédate conmigo para siempre.

—Volveré siempre que me lo pidas —dijo el ruiseñor—. Me posaré en tu ventana y te cantaré una hermosa canción.

Y así lo hizo.

"Thank you! Thank you!" the Emperor said, "for you, heavenly bird, have brought me back to life. You must stay with me forever."

"I will come whenever you wish," the nightingale said. "I'll sit outside your window and sing you a beautiful song."

And so she did.